사랑하는 사람이 곁에 있다면
그 사람에게 한번 더 사랑한다고 말하세요

사랑그리기 9

사랑하는 사람이 곁에 있다면
그 사람에게 한번 더 사랑한다고 말하세요

최애리 시집

내가 10살 때쯤일까?
어디서 배운 동요인지 몰라도
난 이런 동요를 자주 불렀었다.
(제목은 기억나지 않는다.)

비야 비야 오너라 좌악좍 오너라
호박잎을 따다가 우산을 쓰게

개굴개굴 개굴아 놀러 오너라
호박잎을 따다가 우산을 쓰고.

이 동요를 불렀던 어렸을 적에
난 정말 호박잎을 따다가
우산을 썼었다.
그때 난
비에 흠뻑 젖으면서도
내 머리보다도 작은
그 호박잎 우산으로
비를 피할 수 있다고 생각했었다.

제1부

칠년의 축복

제2부

낭만을 위하여

제3부

엉뚱한 아이

제4부

이브에게

1부

칠년의 축복

칠년의 축복

처음에 우린 너무 어려
아무것도 몰랐지
그래서
사랑이라 착각을 했고
그것이 사랑이라 생각하며
사랑해 사랑해 노래를 불렀지

시간이 흐르면서 우린
어른들의 모습을 닮아 갔지
어른이 되어 가면서
이상한 말을 하며
서로의 사랑에
상처를 주고 상처를 받으며
아픈 눈물을 많이도 흘렸지

우리는 병을 앓았지
아주 고약하고 지독한 병을
그 병의 이름은
질투, 의심, 미움……
이 세상에 존재하는
모든 나쁜 병균들을
우리 마음에 가득 채웠지

우리를 바라보던
많은 친구와
어른의 이름표를 단
우리보다 나이 많은 친구들
우리의 병을 보고
고치고 싶으면
헤어지라고 충고했지

우린 억울했지

정말 억울했지
뭐가 먼지
분간할 수 없었지

그러나 우린
언제나 함께 했지
서로의 다른 모습을
가슴 아파하며 받아 들였고

알고 보니 사랑을
배우기 위한
시련이었네

사랑이 먼지도 몰랐을 때 했던
사랑해라는 그 말을
이제 차마 할 수가 없네

많고 많은 이들
7년이 되면
연인들은 헤어지기 쉽다고
단정하며 노래를 부르네

그러나 우리는
서로의 손을 잡고
우리의 노래를 부르네
우리 사랑
이제부터가 시작이라고.

그대와 함께

이렇게 촛불을 켜고
촛불에 물든 공간에서
그대와 함께
이 밤을 보내고 싶습니다

이 밤의 적막을 안주로 하고
그대와 함께 술잔을 부딪치며
사랑에 취하고 싶습니다

우리의 사랑을 그리는
당신의 목소리를 들으며
그렇게 당신 품에서 잠들고 싶습니다

꿈 속에서 그대의 숨소리를 들으며
그대의 외로움을 안아 주고 싶습니다.

신기루

있으면서도 없는
없으면서도 있는
신비스런 그대

내가 좋아하고
날 좋아하는 그대

그렇지만
하나가 될 수 없는 우리.

사랑이라는 이름으로 거만한 자에게

사랑한다는 이유로
헤어진
이 세상에 흔하고 흔한
상처에 절망하던 어떤 이가

상처를 잊은 후
새로운 사랑을 찾았네

다시는 상처받지 않으려고
철저히 사랑을 소유하려 하네

짧은 시간 뜨겁게
언제나 그럴 것처럼

많은 이들 앞에서
이제 다시는 상처받지 않겠노라며

사랑에 목말랐던
자신의 상처를 잊은 채

상처받은 이들 앞에서
타오르는 자신의 사랑을
보란 듯이 자랑하네

내 결혼식에 올 때

내 결혼식에 올 때
청바지에 헐렁한 윗옷을 입고 오세요

내 결혼식에 올 때
흰 봉투에 색깔 있는 돈 넣지 말고
흰색 한지에 내가 좋아하는
붉은 장미 한 아름
싸안고 오세요

귀에 들어오지도 않는
주례 선생님의 말씀은 하지 않으니

결혼하는 내게
언제나 했던 말을 하세요

넌 언제 봐도 예뻐.

불행한 행복

행복이 부담스러워질 때가 있습니다

행복해서 마구 웃고 있을 때
눈물이 흘러
슬퍼질 때가 있습니다

너무 너무 행복해지고 싶지는 않습니다

지금의 이 행복으로 인해
지나왔던 나의 모습들이
슬픔으로 남겨질까 봐

행복은 내게
그리 반가운 소식은
아닌 것 같습니다

마음이 아파 괴로울 때
행복을 꿈꾸는 이상보다는

아팠던 일들을 되뇌이며
그때의 아픔이
내게 위로가 됩니다.

어떤 위로

날 사랑하는 사람이
내게 해주는 말보다

아파서 찾아 간
약국의 약사의 말이
커다란 위로가 될 때

아마도 그건

나보다도 더 세밀하게
내 아픔을 알아주기 때문이겠지.

고백

그대를 사랑합니다
아주 오래 전부터
내가 그대를 알기 전부터
사랑해 왔습니다

그대를 기다립니다
내 사랑이 그대란 걸
알기 전부터
그대를 기다렸습니다

그대가 만나야 할 사랑은
언제나 나입니다

그대가 모르고 있는
그대의 마돈나는
바로 나입니다

그리고 내가 그렇게도 기다리던
나의 사랑은
바로 그대입니다.

병명

그대 마음의 병은
상사병입니다

그대 육체의 병은
눈이 있어도 보지 못하는
보아도 느끼지 못하는
불치병입니다.

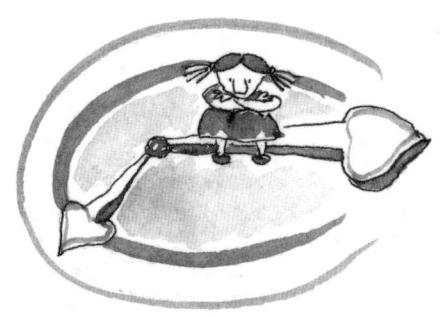

나의 어린 왕자

밤이면 날 포근한 꿈 속으로
잠들게 하는 나의 어린 왕자

꿈에서조차도 숨바꼭질을 하는
보이지 않는 나의 어린 왕자

아침 햇살과 함께
내게 입맞춤해주고
나의 사랑을 확인하는
얼굴 없는 나의 어린 왕자

아침 햇살 속에 나를 서게 하고
내 모든 걸 안아 버리는
내 공간 속 나만의 어린 왕자.

사랑의 바보

사랑할 때는 바보가 되버려라
형식과 규율 그 모든 것을 버리고

사랑 속에 구속되어라
사랑으로 자유로워져라

사랑의 바보가 되버려라.

내가 맘놓고 까불 수 있는 이유

그대가 날 사랑한다는 걸
알기 때문입니다

예쁜 모습이 아닌
미운 모습까지도
이유 없이 사랑해주는 걸
알기 때문입니다

언제나 그대가 내 편임을
알기 때문입니다

깡패같이 행동해도
그런 날 이해해주고
내 진심은 그렇지 않다는 걸
그대가 알아주기 때문입니다

골목 대장처럼 까부는
씩씩한 내 모습을
그대가 좋아해주기 때문입니다

내가 진정
맘놓고 까불 수 있는 건
그대를 진실로 사랑하고 있기 때문입니다.

기다림은 없다

기다리지 않아도
시간은 흘러 갔고

그래서
기다린 것처럼 되어 버렸다.

그리움

지금 내 곁에 없는 이들이
사무치게 사무치게 보고파

행복도 인정하지 못하고
그 행복조차 누리지 못하고

그리운 이들 그리워하며
가슴에 응어리 하나 만들고

진실하지 못한 웃음으로
웃으며 사는
결코 참되게 행복할 수 없는

지나간 내 그리운 이들에 대한
그리움이여.

사랑의 상처

만남
그 기쁨엔 헤어짐이라는
슬픈 술집이 있다

사랑
그 환희엔 상처라는
눈물의 수첩이 있다

우린 그 모든 걸 알지만
잊고 사는 것처럼 착각을 한다

그 고통들이 다시는 없을 것처럼
처음이자 마지막인 것처럼.

길들여지기

그 동안 많이 힘들었지
그리고 앞으로도 힘들 거야 그치

우린 서로에게
우리의 모습을 숨길 수가 없어
우린 이제 귀신이걸랑

눈빛만 봐도 서로의 마음을
놀랄 정도로 알 수 있으니깐

전처럼 아픈 마음 숨기지마
다 들통 나잖아

우는 내 모습 보며 미안해 하지마
그런 네 모습 보면
내 마음은 찢어지거든

걱정하지마 난 널 떠나지 않아
그 동안 너에게 투자한
내 눈물이 아까워서
발이 떨어지지가 않아

터프가이처럼 멋있는 널
누구 좋으라고 놔주니

그리고 난 알아
처음 널 봤을 때도 알았고
7년이라는 시간이 우리와 함께한
이 시간에도 난 알아

너에게 오로지 나뿐이란 걸

네가 눈을 감고 있어도
난 네 눈빛을 볼 수 있어
난 귀신이걸랑

너도 알지
내가 눈을 감고 있어도
내 맘을 알지

난 네 손바닥에 있거든.

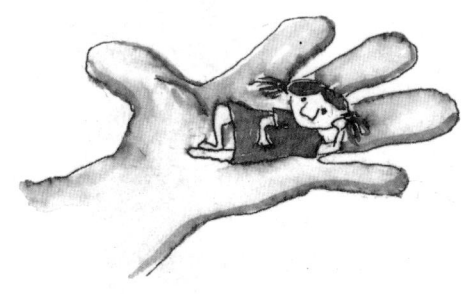

질투1

사랑할 때가 아니라
사랑을 배울 때

아니
사랑이 먼지 모르면서
사랑이라고 느낄 때
뿔 달린 천사의 모습으로
질투를 하게 된다

지나고 나면 바보 같았다고
생각하지만 질투라는 그 놈은
심각한 놈인 것 같다

사랑을 바보로 만드는 걸 보면.

질투2

질투는
사랑의 전쟁

질투는
사랑이란 이름으로 찾아오는 불청객

질투는
눈물 맺힌 작은 두 눈에
불꽃 일게 하는 사랑의 화신

질투는
사랑을 알기 위한 수수께끼
질투는
사랑 믿음 소망의 최대의 적.

사랑의 로망스

사랑하게 될 연인이라면
처음 본 눈빛에서
이미 예정되는 운명

숨길 수도 없지만
숨긴다 해도 들켜 버릴
우연처럼 이어지는 만남

느끼는 사랑을 확인하려
맘에도 없는 타인을 안아 버리는
가슴에 이는 질투

진정 사랑하기에
떠날 수밖에 없는 이별

멀리 있기에 더욱 간절한 사랑

다시 보지 않으면 미칠 것 같은
사랑 앞에 달려가
무릎 꿇고 하는
영원한 사랑의 고백

다시는 당신을 떠나지 않겠어.

둘이 좋아

그 사람을 얼마나 사랑하고 있는지는
혼자일 때 느끼는 외로움의 깊이로
알 수 있다고 합니다

하나의 하늘에
하나의 달이 떠있다 해도
서로 다른 곳에서
하늘을 보면
쓸쓸해집니다

소리 높여 다투어도
혼자일 때보단 좋은 것입니다.

그들은 날

나의 아버지 같은 시인 신동엽님은
날 딸이라 부르지 않으신다

나의 스승 같은 시인 천상병님은
날 제자라 부르지 않으신다

나의 애인 같은 가수 김현식씨는
날 애인이라 하지 않는다

나의 남동생 같은 가수 서지원은
날 누나라 부르지 않는다

그러나
나의 목자이신 예수 그리스도는
날 어린양이라 부르신다.

2부

낭만을 위하여

이상의 친구

─문현머에게

치렁치렁 숱이 많은 긴 머리에
롱 롱 롱다리를 가진
내 이상의 친구야

나보다도 한참 아래이면서
언니처럼 날 챙겨 주는
내 이상의 친구야
난 슬픈 얘길 웃으면서 하는데
울면서 내 얘길 들어주는
내 이상의 친구야

흐르는 물로 세수를 할 땐
꼭 네 생각을 해

너도 흐르는 물로
세수를 하잖아.

까만 눈이 내릴 거라는 그 남자

—송철호씨에게

이 세상에 흰색만이
존재하는 그런 겨울날
그 남자
자신이 사랑하는 여인이 없어
온통 하얀 눈을 보며
까만 눈이라고 말했지

겨울이 끝나 갈 무렵
그 남자
한 여인을 알게 되었는데
그 여인을 사랑하고픈
감정을 느낀 날
그 여인을 사랑하겠노라고 맹세한 날
마지막 겨울눈이 내렸네
그 남자 눈이 멀었는지
까만 눈이라고 말하던
그 말은 안하고
이 세상에 내리던 눈이
이처럼 하얀 눈이었는지
처음 알았다고
횡설수설하던 그 남자

몇 달도 못 가
그 여인과 헤어지고
없던 상처만 가슴에 새긴 그 남자

이 세상에 눈이 또 내리면
눈에다 불을 질러
다 타 버리게 하겠다던
그 남자
다시 올 사랑을 그리며
술에 취해 횡설수설하다
쓰러졌네
마치 잠 못 잔 귀신처럼.

아파트

어려서
높이 높이 올라가 있는
네모난 성을 보았다

커다란 창문은
모두가 똑같은 모양으로
똑바로 줄을 서 있었다

해가 지자
커다란 창문 안은
환한 빛으로 물들고

나의 성도 아닌데
불이 켜지지 않은
그 높은 네모난 창문을 보며
내가 가서
불 밝혀 주고 싶었다

내 키보다도 엄청 큰
그 커다란 성의 어두운
창문들을 보며

내가 가서 불 밝혀야지 하며
할 수 없는 일을 생각하는
내 마음이 아팠다.

변명

사랑하는 이의 마음을
아프게 해놓고
미안하다는 말은 하지 마세요
그 말은 누구에게서나
들을 수 있는
의미 없는 사죄일 뿐

사랑하는 이의 마음에 상처 주고
다시는 그러지 않겠다고
그런 말도 하지 마세요
그 말은 더 큰 상처를 주는
의미 없는 약속일 뿐

사랑하는 연인 사이일수록
아파할 일들은 몇 배로 커져요
차라리 어쩔 수 없었다고
그땐 그럴 수밖에 없었다고 말하세요.

영감을 얻기 위한 번뇌

터질 것 같은
보따리의 끈을 풀어 버리자

마음 속에서 뱅뱅 돌며
없는 자리만
차지하려 하지 말고

이젠 그 끈을 풀고
내 맘들이 모두
그 속에서 시원하게
술술 나오길

나는 답답한 마음으로
간절히 바라며
악몽에 시달린다.

진정한 사랑

사랑합니다
날 이토록 사랑해주는
그대를 사랑할 수밖에 없습니다

고통으로 쓰러지는 내게
햇살로 위로해주고
절망으로 눈물 흘리는 내게
밤의 고요함과 침묵으로
영혼의 휴식을 허락해주는

이 세상에 둘도 없는 나의 친구
나의 애인
나의 모든 것

내 안에서 날 지켜 주는
내 모든 것의 주인이신
당신을 진정 사랑합니다.

정신의 소리 신해철

알다가도 모를 모르다가도 깨우칠
인생을 논하려느냐

진실의 화살들은
바위를 향해 날아만 가는데

허공에 외쳐 대는 정신의 절규는
진실을 왜곡한 외로움

핏기 없는 얼굴로 환한 미소짓는
무인도의 주인인 그대 정신이여

허공을 나는 새들도 날개가 있고
바람에 꺾이는 나무도 뿌리가 있는데

그대 허무의 무덤은 어디 있는가
그대가 모르는 그대의 소리들은
어느 곳을 향해 외쳐지는가.

노래 부르는 타잔 윤도현

마음의 행진을 외치는
그대 타잔이여

그대 씩씩하게 서 있는 그 곳은
그대도 모르는 신비의 땅
아니, 마법의 땅

바다의 외침을 연주하는
그대 마음 속의 타잔이여

어제의 소나기는
그대 눈물을 가려 줄 것이고
보이지 않는 거센 바람은
그댈 그 곳에 눕게 하리라

그대 타잔이여 외쳐라
그댈 젖게 하는 빗물도
그댈 쓰러트릴 바람도
그대의 소리가 되게 노래하라.

천년의 사랑을 읽고

나는 미쳐 가고 있다
나 자신도 억누를 수 없는
무엇인가에
홀려 있는 듯하다

멍하다
난 미쳤다
정말 미쳤다.

무서운 세상

나의 아버지일 수 있고
네 아버지일 수 있는 어른이
길바닥에 쓰러져 신음하고 있었다

술에 취했는지 아니면
어디가 아픈 건지

콩알 만한 나는
걷던 걸음을 멈추었다

세상 사람들 웃고 떠들며
가던 길로 계속 가고

난 그들이 마음 없는
장님일지도 모른다는 생각을 했다

나의 큰오빠일 수 있고
네 삼촌일 수도 있는

그 아저씨는 등산하다
절벽 쪽으로 떨어졌다
다행히 젊은이들 몇 명이
그 분을 끌고 와 산마루 쪽으로 눕혔다

그 분은 심한 출혈로 인해
쇼크 상태였다

그 곳을 등산하던 많은 사람들이
갈 길이 바쁘다며
그 아픈 사람이
길을 막고 있어 가지 못한다며
빨리 치우라고 했단다

그래서 난 겁이 난다
콩알 만한 내가
쓰러지면 어떻게 될까.

휴식하는 백수들에게

내일 아침 일찍 출근하려
오지도 않는 잠을
청하지 않아서 좋다

보고 싶은 책도
맘놓고 밤새워 읽을 수 있는
시간들이 있어 좋다

아침마다 울려 대는
시계의 굉음에
5분만 더 5분만 더라고
절규하지 않아서 좋다

잘 만큼 잔 후
눈을 뜨고 이리 뒤척 저리 뒤척
이불 속에서 몸놀림을 맘껏
누릴 수 있어 좋다

'나두 다 때려치고
너 처럼 백수나 될까
네가 부럽다.' 하는
친구의 전화도 반가워 좋다

바쁘게 왔다갔다 하는
사람들 사이에 멍청히 서서
인생을 생각하는 공상도 좋다

일하지 않고도 먹는 음식이
꿀맛이라 좋다.

도시병

맨 정신으로 서 있기 힘든
환락의 도시여
무엇이 그리도 외로워
흔들리고 있는가

한바탕 쏟아질 빗물에 씻길
거짓 가면을 쓴 도시의 삐에로여
건널 수 없는 금단의 강가에서
뉘 찾으려 그렇게 헤매는가

마음의 공허는
술로 위로 받을 수 있으나
남는 것은 멍한 정신뿐

환락의 손님인 그대 젊은이여
그대 마음의 도시로 돌아 오라.

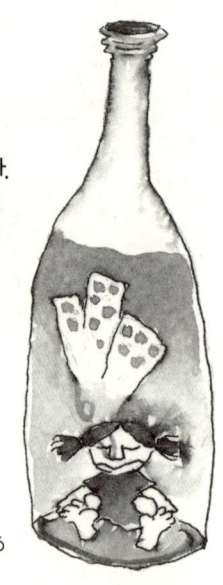

먼저 간 이들에게

난 그들에게
내 마음의 절규를 보낸다

나 여기 있다고
여기서 이렇게

그 영혼들을 그리워한다고

나와 다른 세계에
몸담고 있는 그들에게
난 또 절규한다

먼저 잘 갔다고 정말 잘 갔다고.

젊은이의 양지

때가 탄 흰색 모자 눌러 쓰고
큰 매형이 입다가 버린
낡은 조끼 폼나게 걸치고

편하다고 마냥 입고 다닌
추리닝 바지는 색깔이 다 바랬고
꼴에 청춘이라고 맨발이다

공주 같은 여자 친구 앞에서
주눅이 들었던지

"나 장사꾼 같지." 한다
"아니 조직의 보스 같아."라는 여자 친구의 말에
그 젊은이의 어깨에는
그 누구도 꺾지 못할 자신감이 넘쳤다.

서지원

그 화려한 무대에서
너의 맑은 웃음을 보았어

그래 넌 언제나
너만이 가진 웃음을
네 얼굴에 만들었지

참 보기 좋았어
정말 맘에 들었어

천진난만한 어린 미소가
네 얼굴에 가득했었지

가끔 네 얘길 했었는데
지원이의 웃는 얼굴이 참 괜찮다고

요즘은 웃음이 사라져 버린
네 목소리를 가끔 들어

이렇게 아파하는
사람들이 있음을
넌 왜 몰랐니
바보같이.

혼자 서 있는 남자의 괴변

크리스마스 이브에는
검은 눈이 올 거라고 했다

캐롤송이 흘러 나오는
레코드 가게를 지나게 된다면

그 레코드 가게에 있는
캐롤송 음반을
모두 사 버리겠다고 했다

자기에게 애인이 생긴다면
하루 종일 뽀뽀만 해준다고 했다

두고 봐야지.

시인의 사랑

그들의 사랑은 영원이었다

바다를 건너 둘이 하나가 되고

사막을 헤매다 하나가 둘이 되는

고통 가득한 방황의 사랑

사랑하면서도 서로를 애써
외면해 버리는

상처 가득한 슬픈 사랑.

김재삼을 아시나요

이 사람을 아시나요

하얀 얼굴에 사춘기의 특허품인
붉은 여드름을 유난히도 많이
간직했던 아이

공부가 좋았던 건지
머리가 좋았던 건지
우등생이었던 그 아이

가정 형편상 학업을
계속할 수 없게 되었을 때
학교 교문에 매달려
소리내어 울었었다는 얘기를
그 하얗고 여드름 많은 얼굴로
환하게 웃으며 얘기하던 아이

엊그제 주민등록증 받은 아이들끼리
정치와 인생을 논했을 때
그 아이 말이 많았었는데

자신을 힘들게 만든 빈곤을
웃으면서 우리에게 말하던 아이

그래서
우리와 다른 길을 갔던 아이

지금도 우리 모두가
잊지 않고 있는 아이

언젠가 꼭 만나고 싶은 그 아이.

낭만을 위하여

누가 겨울 아니랄까 봐
흰 눈이 펄펄 내린다

분위기 좀 낼까 하고
눈을 맞으며
눈이 내리네 노래를 불러 본다

기왕이면 하고
꽃집에 가서 장미 한 송이를 사고
꽃집 아줌마께 애교를 떨며
안개꽃 아주 조금을
그냥 달라고 졸랐다

그리고 낭만을 위하여
와인 한 병을 사 들고

알프스의 꽃 향기가 가득한
내 방에 도착했다.

꽃에게는 물을 주고
내 방에게는 음악을 들려주고
내게는 와인 한 잔을

왜냐구?
낭만을 위하여.

3부

엉뚱한 아이

시 중의 시

아주 예쁘고 멋진 시를
남기고 싶다

유명한 시가 아니어도 좋고
비평가에게 딱지를 맞아도 좋고
문학인들에게 형편없는 시로
평가받아도 좋다

나의 사랑이
나의 시를
느껴만 준다면

그것이 내겐
최고의 시인 것이다.

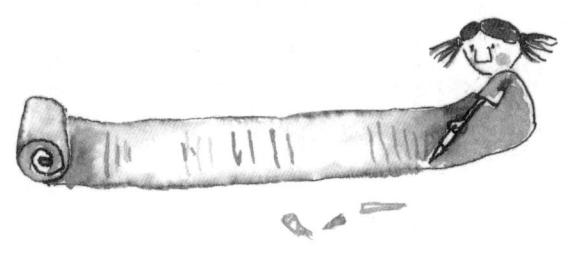

편견1

당신은 청순하게 생겼군요
나는 잘 알고 있어요
당신의 성격은 순수하고
얌전하고 착하다는 걸

나는 당신 같은 여자를 좋아하지요
나이 드신 어른들도 당신 같은 여자를
며느리감으로 생각할 겁니다

아니! 그런 행동은 하지 마세요
당신답지 않습니다
그 청순한 얼굴로 그렇게 심한 말을 하고
그렇게 짧은 치마를 입다니
당신에게 어울리지 않아요

당신은 원래 그런 걸 좋아한다구요?
당신의 성격이 그렇다구요?
얼굴하고는 딴판이군요.

편견2

주룩주룩 비가 오면
흰 치마를 입고
거리를 뛰어 다니고 싶어

흙탕물이 치마에
얼룩 무늬를 만들고

사람들은 나를 보고
주책이라고 하겠지

노아 홍수가 날 만큼
비가 많이 내리면

하얀 소복을 입고
긴 머리를 풀어 헤치고
산 속을 뛰어 다니고 싶어
사람들은 나를 보고 미쳤다고 하겠지.

시골집

캄캄한 대지 저 아득한 곳에서
한 줄기 빛이
포근한 모습으로 살고 있다

빠르게 달려가는
나의 몸을 실은 마차에서
내 두 눈은 그 곳만을
계속 바라본다.

아,
멈추어서 그 곳에 들러 보고 싶다
네모난 문으로 네모난 빛이 있는
그 곳으로

저 곳이 내가 갈 곳이었으면
저 곳이 내가 사는 곳이었으면

서둘러 달려가
아무렇지 않게 문을 열고 들어가
포근하게 머물 나의 빛이었으면

내가 머물 곳도 아닌 곳으로
나의 마음은 계속 내달리지만

나의 두 눈에서
자꾸만 멀어지는 그 빛은
점점 작아져 내게서
사라져만 가는구나

아,
어쩔 수 없는 곳으로만 가는
현실이여.

뽑기

그대 말 한 마디에
16세 소녀처럼 설레임을 느꼈고

그대의 실수 때문에
내 일기장은 엉망이 되었고

그대의 알 수 없는
눈빛 때문에 난 착각을 했지요

그 동안 있었던
모든 일들은
코미디로 믹서를 할 겁니다

행여 그대가
나를 바라본다 해도
기대하지 않습니다

이제 그대는 꽝입니다.

송년의 밤

길고 긴 시간이
흘러가고 있습니다

혼자이고 싶기엔
너무 많은 시간을
혼자 보냈습니다

그도 그럴 것입니다
이젠 새로운 마음가짐이
필요할 것입니다

지금의 우리 삶을
이담에 후회하거나
아쉬워하며
한숨 내쉬지 않았으면 합니다
진정으로.

오늘은

오늘은
그대와 함께하며
그대를 기쁘게 해주고 싶은 날

오늘은
군 입대하는 그대를 위해
눈물 보이지 않고
웃으면서 기도하고 싶은 날

오늘은
그대 향한 나의 마음을
시로 표현하고 싶은 날

오늘은
무작정 그댈 기다리며
그 기다림을 배우고 싶은 날

오늘은
그대와 사랑하며
이별을 느끼고 싶은 날

오늘은
비오고 맑은 날.

내 넓은 이마

그나마 넓은 이마
어렸을 때 오토바이에 치어
흉 하나 생긴 흔적이 있고

넓은 이마 가리려고 내린 애교 머리는

몹쓸 바람이 다 헝클어트리고

맘먹고 모자 쓴 날은 비가 와서
모자도 쓰고 우산도 쓰는
멋없는 여자가 되어야 하고

하늘보다는 땅만 보게 하는
넓고도 톡 튀어나온 내 이마

그래서 더 사랑할 수밖에 없는
내 넓은 이마.

내 작은 시인의 사회

잘 알지도 못하는
그러나 알고 지내는
그리 친하지 않은 이에게
시 얘기를 했는데

알아듣지 못하기에
설명을 했지만
이해하려 하지도 않고
자신의 생각만 나에게 비교했기에
내 마음의 문이 닫혀 버렸다

시를 읽을 수 없고
시를 읽어도 느끼지 못하면
난 마음의 문을 닫고
시를 썼나 보다

이제부턴 마음의 문을 열고 시를 써야지.

내 동생들

명동 골목에 가면
자신이 초라해 보인다는 준경이

군 입대하던 날
머리카락 한올 보이지 않게
반짝반짝하게 머리 밀고
웃으면서 기차 타던 원식이

사람 많은 곳에서는
침묵만 지키고 있다가
혼자 있으면 교회 목사님보다도
더 말이 많은 철상이

그래서
내 동생 같은 녀석들.

마을 버스

마을 버스를 타면
내 마음은 마을이 된다

하늘을 향해 있는
가파른 언덕길을
부릉부릉 달리면
내 마음은 구름이 된다

내 방 만한 마을 버스에
우리 동네 사람들이 살고 있다

마을 버스를 타면
내 마음은 마을이 된다.

화수분

밤마다 입고 자는 옷인데도
오늘은 바지를 거꾸로 입었습니다

잘못 입은 줄 알면서도 그대로 입고
커피물도 끓이고 TV도 봅니다

이렇게 앉아 있으니
거꾸로 입은 바지가
시나브로 불편해집니다

아마도 이 옷을 거꾸로 입고는
잠을 이루지 못할 것 같습니다

그러나 언제나 그랬듯이
오늘도 커피맛은 좋습니다.

신부

결혼하는 날 신부는 운다
그 좋은 날 말이다

많은 사람들의 축복을 받는 날
왜 그렇게 우는 걸까
너무 행복해서
아니면……

예쁘거나 못생겼거나
착하거나 못됐거나
그 날의 주인공인 걸

예쁜 신부되는 날
난 환하게 웃어야지

영화 속의 한 장면처럼
신랑에게 폴짝 폴짝 뛰어 가야지.

잠

눈을 뜨고
눈물을 흘리기보다

눈을 감고
꿈을 꾸리라

눈에 보이는 외로움의 고통도
꿈 속에서는 배꼽 잡고 웃는
코미디 영화

그래서 사람들은
잠을 자나 보다

에라 잠이나 자자.

우리집 비망록

나의 부친은 뱀도 잡수셨고
개구리도 많이 잡수셨다

유난히도 큰 뱀을 푹 고아서
그 노란 국물을 참으로
달게 잡수셨다

그 다음 해 가을
나의 오라버니는 산에서 뱀에 물려
한 달 동안을 학교도 못 가고
누워만 있어야 했다

나의 부친은 술과 연애하다 쓰러지셨다
내일이면 저승 갈
그 분의 눅눅한 방으로
내 주먹보다도 큰
개구리 한 마리가 들어 왔다

아주 맑은 눈으로
나를 보았고

난 그 개구리가
저승사자라고 믿었다

그리고 나의 부친께서는
그 개구리를 잡수시지 못하셨다.

장마

비가 많이 내리던 장마 때마다
우리 집 부엌은 물바다였지
해마다
우리 집 부엌 물바다 손님들

우리 집 악동들 신나 하면
양동이, 쓰레받기, 바가지 들고
물바다 부엌에서
깔깔거리며 재미있어 했지

둑 너머 강엔
이 세상 모든 빗물들이
언덕 아래 있는 집들을 휩쓸고
그 집 돼지랑 지붕 위에 있던
호박들까지도 둥둥 띄우며
그렇게 흘러 가고

구경하시던 우리 아빠
새마을 담배 꼬나 물고
고기잡을 생각에 들떠 있었지

내년에도 찾아올
물바다 손님들

우리 시골 동네 어른들은
변함없는 모습으로
기다리고 있겠지.

엉뚱한 아이1

꿈이 많은 아이
그래서 잠을 자면
꿈만 꾸는 잠꾸러기

말이 많은 아이
그래서 잠만 자면
잠꼬대를 하는 아이

비밀이 많은 아이
그래서 술에 취해도
몸과 정신이 말짱한 아이

정말 엉뚱한 아이
그래서 사랑 받는 아이

바로 나.

엉뚱한 아이2

밤 하늘의 별을 보면
어린 왕자의 웃음 소리를
들으려고 귀기울이던 아이

슬픈 소설을 읽고 나면
일주일 내내 그 주인공이 되어
꿈 속에서 헤매던 아이

나이 스물 하고도
셋이 되었는데도
만화를 보며 울다 웃고
웃다 우는 아이

보란 듯이 코딱지를
어린 아이처럼
자랑하던 아이

그래서 엉뚱한 계집아이.

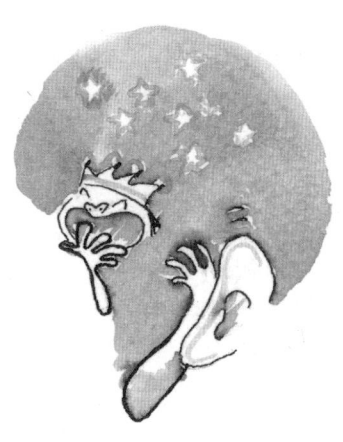

나 어릴 적에는

산 고개를 넘어
또 다른 더 멀고 먼
고개를 넘어

뱀이 다니는 그런 길을 따라
활터라 불리던 그 곳을 지나

원더우먼처럼 재빠르게
무밭으로 뛰어 들어간다

어!
제일 먼저 뛰어 들어간
그 아이 아빠는 경찰관인데

아줌마 아저씨 아무도 없고
저기 저기 서 있는
허수아비만
고 녀석들을 바라보고 있네

옥수수들은 무얼 먹고
키가 저리도 클까

고 녀석들 이젠
옥수수 서리를 하고 있네

냇가에 옹기 종기 모여 앉아
입가에 함박 웃음을 지으며
조잘조잘

익지도 않고 새까맣게 그을린
옥수수를 잘도 먹고 있네

저 산 넘어 들어갈 햇님이
고 녀석들 구경하느라
아까부터 그냥 떠 있네

그때를 아시나요

정순이 언니랑
장발장 아저씨는
결혼을 했나

내 고향 괴산은 변했나

고추잠자리 잡던 고추밭이랑
발가벗고 물놀이하던
작은 둑 냇가는
제발 그대로이길

고추밭에서 잠자리 못 잡게
빗자루 들고 다니시던
그 꽃집 백발 할아버지께서는
아직도 정정하실까

내 어릴 적 꼬마 신랑이던
박철은 잘 있나
노래를 잘 불렀는데

그네 아빠랑 우리 아빠랑
대판 싸우고 나서
우린 너무 어색해졌는데
아빠가 그땐 너무하셨어
고발까지 하시고.

4부

이브에게

이별

이별로 인해
이렇게 아픈 걸
사랑이라 말하자

지금 흐르는
저 노래처럼
우리 사랑도 그렇다고
눈물 한 방울 허락해 주자

사랑해도
이뤄질 수 없는
사랑이 있음을
받아들이자.

이별 예감

아니겠지
물론 아니겠지

그래도
이렇게 내게
찾아오는 예감

이 밤의 적막처럼
몹쓸 생각들이라고
고개를 흔들며 눈을 감아 보지만

진작부터
아니 처음부터
이별은 우리에게 찾아 왔었나

어쩌면 이것이 더 큰 행복일지도
그대는 그대의 자리로 돌아가고
난 나의 자리로
좀 쓸쓸해지는 듯해도
시간이 흐르면
쓸쓸함은 남아 있지 않겠지

아쉬움으로 인한
만남의 기다림이 있을 테니.

나 지금 속상해

기집애
그렇게 내 맘을 열어 보였건만

서로 그렇고 그런 팔자를
알고 있는 사이끼리
그럴 수 있는지

너의 그 외로움을
내게 보여주길
아니, 당연히 네 마음도
내게 열어 보이길 믿었는데

삼팔선처럼 그어진
너의 태도에
나는 약이 오른다.

이브에게

이제는 울 시간입니다
이 아픔도 참아 낼 수 있습니다

이미 내 영혼은 돌이 되어
상처를 받을 수 없습니다

그대의 통곡 소리에도
난 슬퍼할 수 없습니다

그대에게 난
침묵의 노예입니다.

소외

그 빈자리를 채우려고
그렇게 아파할 이유가 있을까

모두들 웃고 있다고
나 혼자 쓸쓸해야 할 이유가 있을까

내게 불어오는 바람인 걸
어쩔 수 없는
내 삶의 방식인 걸.

내 모습 바라보기

이 세상에 나 혼자라는
외로움에 싸여 살고 있습니까?

자신의 두 팔로 자신을 감싸안고
목놓아 흐느끼고 있습니까?

눈물이 가득 고인 눈으로
하늘의 별을 세며 슬픔의 깊이를
헤아리고 있습니까?

이렇게 사람들이 많은데
혼자라고 느끼는 건
당신과 당신의 세계를 알지 못하는
다른 사람들이
있기 때문이라고 생각합니까?

예 아니오로 대답하지 마세요.

바보들

어떤 바보들은
사람의 마음에
촛불을 밝히려고 한다

그러나
또 다른 바보들은
자신이 탈까 봐
외면해 버리기도 한다.

축배

축배를 들라

네 앞에 마주하여
축배를 드는 이는

언제나 너와 함께 하리라

사랑의 증표인
칼날의 예리한
핏망울들도

고통이 아닌
입술의 전율로
네게 전해져

그때도 축배를 들리라.

필름이 끊어지면

술에 취해 주정하는
그 말들에서 감추어진 진실을
엿볼 수 있을 것 같다.

술에 취해 흔들리는
그 틈으로 마음을
차지할 수 있을 것 같다.

세상을 거부하는
그대 입술에 입맞춤하고
더러운 것을 토해내리라.

술타령

병나발도 좋고

깡소주도 좋다

취해 버린 내 이 몸

마음마저 취했구나.

바다

바다가 날 부르고
내가 바다를 그리워한다

두 팔 벌리고 뛰어가
그의 품에 안기리라

거칠게 나를 안아 버리는
파도 속에
내 모든 걸 묻으리라.

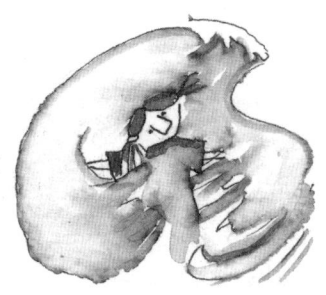

바다 앞에서

밤이면 바다의 소리는
더욱 거세게 몰아친다

갑자기 내 앞에 나타나
날 삼켜 버릴지도 모를
바다 앞에 서 있다

바다의 묘미에
나는 공포에 떨며 서 있다

진정한 삶을 찾으려면
저 바다에 날 묻는 것이
참된 희열이라 되네이며
난 뒷걸음질을 한다.

자살은 하지마

6층에서 떨어져 죽으면
내 몰골은 엉망이겠지

바다에 빠져 죽으면
죽는 동안 춥다는 생각만 하겠지

수면제를 왕창 먹고 죽으면
죽어서도 잠만 자겠지

내가 정말 죽으면
이 곳에서 난 벗어나겠지.

마음 열고 살아요

숨기려고 하지 마세요
감추려고 하지 마세요
외롭다고 정말 외롭다고 말하세요

힘들어도 괜찮아 참을 수 있어
그렇게 말하려 하나요?

화가 나도 참겠다구요?
나중에 폭발하면 모두가 도망갈 텐데요
당신이 화난 걸 알리세요
왜 당신이 화를 내는지 알 테니까요

못된 성격이라고 비난받을까 봐
망설여진다구요?
당신에게도 개성이 있다고
인정할 거예요

뭐라구요?
남의 일이라 쉽게 말한다구요?

이별의 공식

이제 서로 바라볼 수 없다면
이제 서로를 외면하고 싶다면
웃으면서 돌아서는 것

냉정한 얼굴로
다시는 안 볼
그런 얼굴로 외면하지 않는 것

아파해야 할 이별이라면
차라리 웃으면서
두 손 잡아주는 것.

시한부 인생

걱정이 하나 있는데……

이 슬픔을 오래 견디기가 힘들 것 같아
외면하려 웃고 떠들었지만
역시 힘들어

이젠 내 우는 모습
나에게 보이고 싶지 않아
미운 사람도
내게 소중한 사람도 많은데……

죽는 건 두려워
나에게 있을지도 모를
행복을 포기한다는 건
정말 힘들지만
이렇게 밤마다 우는 것도
이젠 견딜 수 없어.

내 마음은

그 어느 것도
내 것이 될 수 없음이 슬퍼집니다.

누워서 고개를 옆으로 돌리면
눈물은 눈물과 섞여
내 귀에 고여 듭니다

어쩌면 난 슬픔을 즐기는
아주 고약한 병에
걸려 있는지도 모를 일입니다.

가는 사람 가지 말라고
마음 속에서는 잡고 있지만

아무렇지 않게
차라리 가 버려라고 말하는
내 입이 내 입 같지가 않습니다
말과 마음이
같지 않을 때가 있습니다

마음과는 다른 말을 해도
진심을 알아주길 바라지만
마음 속 진실을 알기란
쉬운 일이 아닌가 봅니다.

내 진짜 친구

늦은 시간 전화해서
세상 푸념을 몇 시간씩 얘기해도
그래 그래 하며 들어주는 친구

새로 산 화장품이 있는 걸 보고
이것 정말 괜찮다 하며
허락도 받지 않고 쓰는 내게
잘 받는데 하며 눈 흘기는 친구

마지막 남은 피자 한 쪽을
아무렇지 않게 덥석 먹어 버리는 내게
네가 다 먹었으니 계산은
네가 해 하며 배고픈 얼굴로
짓궂게 웃는 친구

맛있는 꽃게탕을 먹을 때
내가 좋아하는 꽃게 다리를
내 쪽으로 밀어 주며 알이 통통한 몸통을
다 먹어 버리는 친구

말도 안되는 허풍을
보란 듯이 떠들어도
내 진심을 알고
맞장구 쳐주는 친구

나 이제 멀리 떠나
이 곳에 다시는
돌아오지 않겠다고 말하는 내게
살림살이는 자기에게 주고 가라고
익살스럽게 말하는 친구

엄마에게도 애인에게도
차마 말하지 못했던 비밀을
수다스런 내게 털어놓고
비밀을 꼭 지켜 달라는 친구

사고치고 나서 나에게
도움을 청하는 친구
내겐 정말 소중한 친구라
내 일처럼 도와주는 내게
내 옆에 네가 있어서
사고쳐도 겁이 안 나 하며
덜덜 떨며 우는 내 친구

그래 또 사고 쳐라 하고
큰소리치는 내게
알았어 하며 더 큰소리로 대답하는
뻔뻔스런 내 소중한 진짜 친구.

친구

친구가 그립습니다

남자 친구 여자 친구
그런 명칭 없는 그냥 친구

늦은 시간까지
시시콜콜하게 얘기해도
집에 갈 걱정 때문에
서로 불편해 하지 않는 친구

같이 있을 때
꼭 얘기를 하지 않아도
서로의 말없는
공상을 나누면서

배를 잡고 웃을 수 있는
뭔가 통하는 그런 친구
정말 그립습니다.

사랑그리기 9

**사랑하는 사람이 곁에 있다면
그 사람에게 한번 더 사랑한다고 말하세요**

초판 1쇄 발행 · 1996년 7월 5일

초판 13쇄 발행 · 1999년 4월 7일

지은이 · 최애리

발행인 · 박대용

발행처 · 도서출판 **등불**

주소 · 서울 마포구 합정동 426 - 1, 301호

전화 · (02) 3143 - 1966, 332 - 3880

팩스 · (02) 3143 - 2757

출판등록 · 1994년 4월 19일 제10 - 969호

ISBN 89 - 8028 - 043 - 2   03810

값 3,500원

✣ 잘못된 책은 바꾸어 드립니다.

어느날 문득
네가 그리워지면
그러면…어쩌지? 1

임우현 시집

풋사과처럼 싱그러운 젊은 날의 사랑이야기!

무작정 슬퍼지면?
울어버리면 되지 뭐

한없이 기쁜 날에는?
그냥 웃어버리지 뭐

그런데
오늘 또 네가
무작정 그리워지면
그러면 어쩌지?

내가 그아이를 사랑하고 있다는걸 어떻게 표현할지 모르겠어 이것이 사랑일까?

어느날 문득
네가 그리워지면
그러면…어쩌지? 2

임우현 시집

군생활의 외로움과 그리움이
잔잔한 감동으로 다가온다 !
그리운 연인에게
그리운 친구에게
사랑을 선물하세요 !

나 너를 위해
시를 써
너만을 위한
시를 써

첫만남에서
오늘까지
그리고
아주 아주 먼 미래까지
널 그리며
시를 써

나 너를 위해

나 말없이 눈물 흘릴때

차기환 시집

잊혀지지 않는 사랑의 추억
가슴시린 사랑의 아픔

당신께 편지를 씁니다
보낼 수 없는 편지를 씁니다
제가 산이라 하면
당신 저 따라 산이라 했죠
제가 사랑이라 하면
당신 제 손 잡고 영원하자 했어요
제가 슬픈 눈을 하면
당신 어느 새 울고 있었어요
가만 가만 당신을 그립니다
눈이며 코며 입이며……
거울 앞에 제 모습은 당신을 닮아 가고
다시 한 번 잊혀질까 그려봅니다
눈이며 코며 입이며……
틈이 날 적마다 고운 입김 불어
제 안경을 닦아내곤
그것으로 세상을 보던 저였습니다
당신 등에 사랑해라고 써 주면
제 손에 나도라고 써 주었어요.

가슴으로 부르는 이름하나

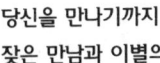

김경구 시집

지울 수 없는 사랑의 이름 하나
가슴 가득 묻어두고
노래하네
이 밤 하얗게 지새우며 노래하네

당신을 만나기까지
잦은 만남과 이별의 반복으로
그 얼마나 힘겨움의 연속이었던가요
그러나 끝내
당신은 떠나고
나만 홀로 남았습니다
시간이 흐르고 흘러도
당신은 언제나 제 가슴 한켠에 남아 있습니다
당신 떠난 지금껏 생각해 보니
당신만큼 따스한 사람 없더이다
당신만큼 편안한 사람 없더이다
당신만큼
당신만큼 나를 울리는 사람 또한 없더이다

다음 세상에 우리
연어가 되기로 해요

정재희 시집

가슴을 울리는 순결한 사랑의 언어 !

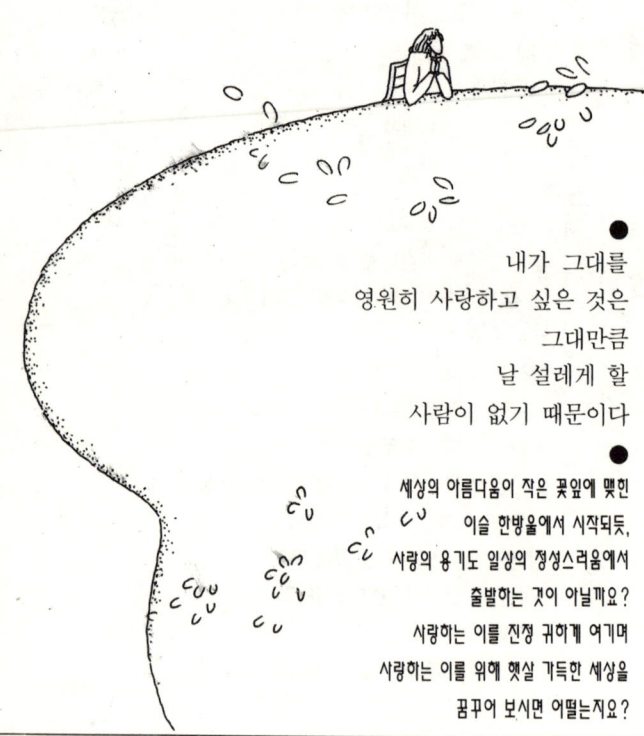

●

내가 그대를
영원히 사랑하고 싶은 것은
그대만큼
날 설레게 할
사람이 없기 때문이다

●

세상의 아름다움이 작은 꽃잎에 맺힌
이슬 한방울에서 시작되듯,
사랑의 용기도 일상의 정성스러움에서
출발하는 것이 아닐까요?
사랑하는 이를 진정 귀하게 여기며
사랑하는 이를 위해 햇살 가득한 세상을
꿈꾸어 보시면 어떨는지요?

사랑으로 우리 함께 하는 날이 온다면

김진수 시집

젊은 날의 사랑과 이별 그 향기가 느껴지는 책!

이 어둔 세상에 사랑의 빛이 되고 싶었던

한 어린 왕자의 얘기를 담은 한편의 드라마처럼 펼쳐질 이 시집을

여러분들과 함께 하고 싶습니다. 좋아했던 기억, 행복했던 기억, 사랑했던 기억,

즐거웠던 기억, 슬펐던 기억, 괴로웠던 기억들이 한 페이지 한 페이지를

넘길 때마다 여러분의 가슴속에 스며들었으면 하는 바람입니다

– 작가의 말 중에서

그리워 눈을 들어도 보이지 않는 그대

석희숙 시집

**꾸밈없는 열아홉의 사랑·우정
그리고 삶의 모습을 그린 시**

항상 간직되는 그 어떤 이름이고 싶어라.

무구한 세월과 시간이 지난 후에

그대 가슴 속에 영원히 죽지 않는 항상 그대로인

그 어떤 이름이고 싶어라.

이 세상 끝나는 날까지 그대 마음에 항상 남아 있는

그 어떤 이름이고 싶어라.

어느날 문득 네가 그리워지면 그러면…어쩌지? 3

향기있는 추억보다는
나만의 사랑을 원해요

임우현 신작 시집

소박하고 진솔한 언어의 감동이 느껴지는 시!

**작은 사랑을 꿈꾸는
시인 임우현의 진지한 고백!**

난 천사가
되었으면 해

아무도 모르게
그대만의 꿈속에 나타나
우리만의 행복한 천사가 되었으면 해

힘들어도 고달퍼도
희망을 줄 수 있는
그런 천사가 되었으면 해

원고를 모집합니다

저희 등불 출판사에서는 귀하의 옥고를 책으로 만들어
드립니다. 가슴에 묻힌 아름다운 추억, 살면서 겪어야
했던 기막힌 사연, 자손에게 물려주고 싶은 인생경험담,
작가의 꿈을 이루기 위해 써두었던 문학작품 등을
출판해 드립니다.

문장에 자신이 없거나 용기가 없어 망설이는 분을 위해
저희 출판사 편집진이 항상 기다리고 있습니다.
언제든 연락바랍니다.

※ 원고는 반환하지 않음을 알려드립니다.

● ●

모집원고 : 시, 소설, 수필, 희곡, 일기, 편지, 자서전,
　　　　　　 문집, 회갑기념집, 사진집, 동인지, 기타
　　　　　　 직업에 관련된 수필집 등
모집일시 : 수시